TÉMOINS À ABATTRE

Les pages de cet ouvrage ont été teintées pour limiter les contrastes, qui peuvent provoquer de la fatigue visuelle chez certains lecteurs.

Cet ouvrage a été imprimé sur un papier issu de forêts gérées durablement, de sources contrôlées.

Design couverture : Nicolas Vesin
Photos de couverture : © Arcangel / Hayden Verry, Tim Robinson, Rekha Garton.
Maquette intérieure : Graphicat

ISBN : 978-2-7002-5526-3
ISSN : 2555-7610

TÉMOINS À ABATTRE

Olivier Gay

RAGEOT

LES PERSONNAGES DU ROMAN

Yan se débrouille vraiment bien
avec son VTT en montagne.
Sur son vélo, il se sent libre.

Pauline est dans la même classe que Yan.
Elle ne maîtrise pas toujours son vélo,
mais c'est une fille courageuse, qui n'a pas
froid aux yeux.

SOMMAIRE

1. La descente

– Yan, attends-nous !

Le garçon sourit : pas question d'obéir. Ce moment, c'est son moment. Il fait un signe moqueur à monsieur Jourdan, son professeur, puis se met à pédaler de toutes ses forces. Son VTT prend de la vitesse et s'engage dans la pente. Il accélère encore. La boue gicle sur son jean sans qu'il s'en soucie.

Il aperçoit une bosse en contrebas et la prend à toute vitesse.

– Yan ! crie de nouveau monsieur Jourdan.

Le garçon décolle. Il donne un coup de pied à son vélo, qui fait un tour complet autour du guidon, avant de toucher terre avec souplesse. Pas mal, le *tailwhip* ! Yan se tasse sur sa selle et termine sa démonstration en levant sa roue avant. Il s'arrête en bas de la pente, couvert de boue et de sueur.

Il regarde en arrière, fier de lui. Le reste de sa classe de 3e C est encore en haut de la pente. Certains ont les yeux écarquillés, d'autres l'applaudissent ou le sifflent. Yan s'incline comme un comédien à la fin d'un spectacle. Blasé, l'accompagnateur abandonne :

– Bon, très bien, on a tous vu que Yan savait faire du vélo. Maintenant, les autres, je vais vous demander un peu plus de prudence. Cette pente est raide et...

– Aaaaah !

De nouveau, un élève se lance dans la descente sans tenir compte du discours du prof. Surpris, Yan met sa main en visière. Avec la distance, impossible de distinguer qui c'est. Le cycliste n'est pas aussi doué que lui, mais il a du courage : il fonce tout droit, ramassé sur sa selle, et accélère à chaque seconde. Plus vite, encore plus vite. Yan écarquille les yeux : si l'autre ne ralentit pas, il va se prendre les arbres. À cette vitesse, il ne s'en sortira pas sans dommages.

Au dernier moment, l'autre élève écrase les freins et part dans un dérapage à moitié contrôlé. Sa roue arrière creuse un profond sillon dans la boue avant de venir heurter le vélo de Yan dans un froissement de tôle. Les deux VTT tombent au sol avec leurs conducteurs.

– Sérieux, tu peux pas faire attention? râle Yan en se relevant. Quand on sait pas s'arrêter, on prend pas autant de vitesse.

– Désolée... mais c'était super excitant!

Les insultes du garçon se bloquent dans sa gorge. Le casse-cou qui a failli l'écraser... est une fille. Une fille aux cheveux bruns mi-longs, habillée en noir de la tête aux pieds. Bottes noires, pantalon noir, tee-shirt noir, perfecto noir, bracelets noirs aux poignets... mais aussi ongles noirs, rouge à lèvre noir et mascara noir au milieu d'un visage d'une pâleur de craie.

Sans parler de son piercing à l'arcade sourcilière.

– Pauline... souffle Yan, stupéfait.

– Je ne me suis jamais sentie aussi vivante! s'écrie la jeune gothique. Je ne me suis jamais sentie aussi vivante que pendant cette descente!

– Tu aurais pu te tuer!

Le sourire de Pauline disparaît alors qu'elle affiche son expression blasée habituelle.

– On dirait le prof. Je ne suis pas tombée, c'est tout ce qui compte, non? Et sinon, il faut bien mourir un jour.

Derrière eux, monsieur Jourdan descend enfin la pente. Il prend tout son temps, les mains sur les freins, et s'arrête tous les dix mètres pour vérifier que les autres le suivent. La plupart des élèves s'engagent derrière lui sans hésiter, mais certains mettent pied à terre pour s'assurer de ne pas perdre le contrôle.

– Les froussards, souffle Pauline.

Yan regarde la jeune fille avec amusement. Elle exagère dans le côté gothique, et elle reste toujours dans son coin. Elle n'a pas beaucoup d'amis et lui-même ne lui a jamais adressé la parole. Après tout, il faut être un peu bizarre pour s'habiller comme ça tous les jours, non ? Mais il doit admettre qu'elle a un sacré courage.

À peine monsieur Jourdan est-il arrivé en bas qu'il se plante devant les deux adolescents, fou de rage.

– Qu'est-ce que vous n'avez pas compris quand je vous ai dit d'attendre, les kamikazes ? Si vous continuez comme ça, vous resterez demain au chalet pendant qu'on ira faire du canoë ! C'est ça que vous voulez ?

– Oh non, m'sieur, répond Yan en baissant les yeux.

– Oh non, m'sieur, répète Pauline avec les mêmes intonations.

Elle se moque de lui, un peu, non ?

Le prof la regarde sans trop savoir que faire, et puis il finit par laisser tomber. Il fait trop beau pour s'énerver.

– J'espère que j'ai été bien clair. À partir de maintenant, vous suivez le groupe et vous arrêtez de faire les marioles. Allez, en selle tout le monde, on continue la balade.

Lorsqu'il se détourne, Pauline se penche vers Yan :

– Les *marioles* ? Il vient de nous traiter de fromages, non ?

– C'est du *maroilles*, le fromage, corrige le garçon sans parvenir à dissimuler un sourire.

Quelques-uns de ses amis, Louis, Abed, Matteo, le félicitent pour ses acrobaties, mais aucun d'entre eux n'accorde un seul regard à Pauline. C'est comme si elle n'existait pas pour la classe.

Yan remonte à son tour sur son vélo, lorsque sa camarade s'empare de son bras :

– Hé, tu veux vraiment suivre le groupe ? Avec ton niveau, tu vas devoir jouer à la nounou toute la journée.

– Tu as entendu ce qu'a dit le prof ? Si on fait les cons, pas de sortie canoë pour nous demain.

– C'est loin, demain. T'as vraiment envie de t'ennuyer tout l'après-midi, juste pour pouvoir encore t'ennuyer demain ? En plus, l'eau, ça mouille.

– Qu'est-ce que tu veux que je...

Yan n'a pas le temps de terminer sa phrase. D'un puissant coup de pédale,

Pauline se propulse vers un chemin de traverse, loin de la file des vélos qui avancent à la queue-leu-leu.

– Tu viens, ou tu restes planté là ?

Elle ne l'attend pas et disparaît dans les sous-bois. Yan jette un regard nerveux vers monsieur Jourdan et les autres élèves.

Pauline a raison : Yan a envie de vitesse, de glisse et de sensations fortes. Il prend une grande inspiration, puis se lance à sa poursuite.

Et tant pis pour les conséquences.

2. La cabane

Yan laisse les cris de rage de son professeur loin derrière lui et peut enfin pédaler aussi vite qu'il le veut. Il est obligé de réduire sa vitesse pour que Pauline puisse le suivre, mais il est agréablement surpris : il ne l'avait jamais imaginée aussi sportive.

Le vent gifle leur visage tandis qu'ils s'aventurent de plus en plus profondément dans la forêt. Le chemin boueux devient un sentier, puis une simple piste. Enfin, Yan met pied à terre pour une petite pause.

– On va finir par se perdre, observe-t-il en regardant autour de lui. Je ne reconnais rien. On devrait peut-être faire demi-tour ?

– Et ton goût de l'aventure ? se moque Pauline. Ce n'est pas comme si on était en Amazonie. On finira bien par arriver quelque part, non ?

Yan hoche la tête, amusé. Il a toujours été sage, lui, a rarement désobéi aux profs ou même à ses parents. Cette cascade devant monsieur Jourdan, c'était le max de rébellion dont il est capable. Mais l'assurance de la jeune fille le contamine. Il est bien obligé d'admettre qu'il passe un super moment sur les petits chemins au lieu de rouler comme un abruti au milieu des autres élèves.

Il jette un coup d'œil vers le ciel. Le soleil est encore haut, ils ont trois bonnes heures avant la tombée de la nuit.

– Ok, on continue. Mais si on se retrouve paumés et obligés de dormir à la belle étoile, tu ne viendras pas pleurer.

– Je ne pleure jamais, ça ruine mon mascara, ricane Pauline.

Les deux compagnons repartent sur les pistes et finissent par arriver à une petite rivière. Yan commence à sentir ses jambes le brûler. Ce qu'il redoutait est en train d'arriver : s'ils continuent comme ça, ils ne seront jamais sortis de là avant la nuit.

En suivant le lit de la rivière, ils aperçoivent soudain une cabane dans le lointain. Elle est à moitié envahie par la végétation et ils ne l'auraient jamais vue s'ils étaient arrivés par un autre côté.

– C'est hallucinant ! s'écrie Yan. Qui a bien pu construire ça au milieu de nulle part ?

– On va voir ? suggère Pauline en se rapprochant. Si on est obligés de faire une pause, on pourra peut-être dormir à l'intérieur. C'est mieux qu'à la belle étoile.

Yan ne peut réprimer un frisson. Dormir dans une cabane ? Seul avec Pauline ? Il imagine déjà ses potes glousser et se pousser du coude. Il veut protester mais, déjà, la jeune fille a mis pied à terre et pousse son vélo vers la construction de bois.

En essayant de ne pas penser à la nuit qui s'annonce, Yan la suit, puis se fige sur place.

Juste à côté de la rivière, adossées à un arbre, il y a deux motocross couvertes de boue. La saleté est récente, elles ne sont pas là depuis longtemps.

– Pauline ! souffle-t-il. Reviens ! Il y a du monde dans la cabane !

La jeune fille se retourne, suit son regard, puis revient en arrière, déçue.

– Tu as raison. Dommage, je trouvais le côté abandonné plus romantique. Qu'est-ce qu'on fait alors ? On continue ou on...

Elle s'interrompt alors qu'un cri résonne derrière elle. Deux hommes sortent de la cabane en poussant un troisième devant eux. Les deux individus portent d'épais blousons en cuir et des casques de moto sous le bras. Mais ce n'est pas ça, le plus inquiétant. Non, c'est qu'ils tiennent chacun un revolver dans la main.

Yan réagit immédiatement. Il fauche les jambes de Pauline et la jeune fille s'effondre dans les taillis avec lui.

– Qu'est-ce... commence-t-elle.

Il lui plaque une main sur la bouche et baisse la tête pour ne pas qu'on les repère. Il a le cœur qui bat à cent à l'heure. Des flingues ! Ces mecs ont des flingues !

En se contorsionnant, il aperçoit le troisième homme. Il est petit, un peu gros, et livide de terreur. Il tient ses mains devant son visage, comme si elles pouvaient le protéger d'une balle.

– Attendez, attendez, répète-t-il en boucle. On peut s'arranger ! Tu peux pas me faire ça, Julien !

– Je vais me gêner, répond l'un des deux types armés. Tu sais qu'on n'aime pas les voleurs, dans le milieu. Quand t'as décidé de filer avec la moitié de la came, tu te doutais de ce qui se passerait si on te retrouvait.

– Et on t'a retrouvé, intervient l'autre d'une voix traînante. Tu vois cet appareil ? C'est un petit bijou comme celui-ci qui nous a permis de te localiser ! Il était caché dans les sacs. Tu l'aurais vu si tu avais pris la peine de vérifier le chargement.

– Maxime, non ! proteste le troisième homme.

Ce sont les derniers mots qu'il prononce. Sans se laisser amadouer, celui qu'il vient d'appeler Maxime lève son arme et appuie sur la détente. La détonation résonne dans la forêt et le fugitif s'effondre, un trou parfaitement rond au milieu du front.

Yan étouffe un hoquet de terreur. Un meurtre ! Il vient d'être témoin d'un meurtre !

Le tireur s'accroupit à côté de sa victime et vérifie son pouls, comme si on pouvait survivre après une telle blessure.

– C'est bon. Il est mort, annonce-t-il. Arrachons-nous d'ici avant que le bruit n'attire des curieux.

– Tu crois vraiment que des gens iraient se perdre aussi profondément dans les bois ? ricane Julien.

Son rire s'arrête net, et il plisse les yeux.

– Qu'est-ce que c'est que ce truc, là ?

– Quoi ?

– Dans les fourrés. Il y a un objet rouge !

Yan étouffe un juron. Cet *objet rouge*, c'est la fourche de son VTT. Dans sa précipitation, il n'a pas essayé de le cacher. Pauline se raidit dans ses bras en comprenant qu'ils vont bientôt se faire repérer.

– Va voir ce que c'est, ordonne Julien. Je récupère la drogue.

C'est une catastrophe. Maxime se rendra vite compte qu'il y a des vélos ici, et il cherchera forcément qui les a amenés. Ce buisson n'est pas une super cachette, les deux ados seront découverts en quelques secondes.

Il ne reste qu'une seule solution.

– T'es prête ? souffle Yan à l'oreille de Pauline. On récupère nos VTT et on fuit.

3. La poursuite

– Go ! murmure Yan.

Il se relève d'un bond et court vers son vélo. Maxime écarquille les yeux, stupéfait, mais Yan ne lui laisse pas le temps de réagir. Il enfourche son VTT et s'engage dans la pente d'un violent coup de pédale. Avec ce dénivelé, il prend rapidement de la vitesse.

Malgré son stress, il prend le temps de vérifier que Pauline lui a emboîté le pas. La jeune fille a couru comme si sa vie en dépendait – et elle en dépendait sûrement. Elle a perdu quelques secondes à redresser son vélo mais, désormais, elle fonce tête baissée sur le chemin. Yan ne l'aurait jamais cru, pourtant sa peau est encore plus pâle que d'habitude.

– Vite, vite ! crie-t-il pour l'encourager.

– T'es marrant, toi, je fais ce que je peux, halète-t-elle en réponse.

L'effet de surprise passé, les deux meurtriers poussent des cris de rage derrière eux :

– Ils nous ont vus !

– Faut les rattraper !

Yan sent une main glacée se refermer sur son cœur. Si seulement il n'avait pas quitté le groupe, s'il ne s'était pas laissé persuader par Pauline, il ne serait pas dans cette situation, avec deux psychopathes aux trousses.

La seule chose qui le rassure, c'est qu'il est imbattable avec un VTT. Si jamais son amie parvient à tenir le choc, ils s'en sortiront sans encombre. Ils ont pris assez d'avance pour que...

Le bruit d'un moteur qui démarre brise toutes ses illusions. Il avait complètement oublié que les tueurs étaient à motocross.

Le ciel commence à s'obscurcir, alors que le soleil disparaît derrière les arbres. Voilà qui risque de poser problème. Malgré son niveau, Yan n'a aucune envie de foncer à tombeau ouvert à travers la forêt sans lumière. Une seule racine, un seul caillou mal placé, et ce serait la chute!

La seule solution, c'est de réussir à les semer avant la nuit.

– Par-là ! crie Yan en tournant son guidon à 90 degrés pour emprunter un minuscule sentier à sa droite.

Pauline transpire sous l'effort, mais elle ne se plaint pas et pivote à son tour. Si leurs poursuivants continuent tout droit, ils seront sauvés !

Au moment où la jeune fille va disparaître dans les sous-bois, le phare d'une moto vient balayer l'arrière de son vélo.

– Là ! crie Maxime. Ils essaient de fuir !

Yan pourrait encore accélérer, mais il se refuse à abandonner Pauline derrière lui. Elle n'est pas aussi sportive, et elle commence déjà à ralentir. Il faut qu'il fasse quelque chose, mais quoi ? Désespéré, il revient à sa hauteur puis se met carrément derrière elle, sa roue presque collée à la sienne.

– Allez, je suis derrière toi, tu peux y arriver, tu peux le faire, allez, allez, on va s'en sortir, allez, donne tout ce que tu as, allez, allez !

Pauline lui décroche un regard furieux pour lui dire où il peut se mettre son esprit chevaleresque mais elle n'a pas assez d'énergie pour protester, pas assez de souffle pour l'insulter. Alors elle se concentre de nouveau sur le chemin et pédale de plus belle.

Derrière eux, les moteurs grondent. Le bruit se rapproche. Forcément, les muscles n'ont aucune chance face à des moteurs. La seule solution, c'est de s'enfoncer toujours plus profondément dans les sous-bois, là où les gros véhicules seront moins maniables.

– Ils sont là ! hurle de nouveau Maxime derrière eux.

C'est lui le plus causant des deux. Le second se contente de sortir son revolver et d'ajuster un tir.

La détonation est assourdissante ; une balle heurte le tronc juste au-dessus de Yan, et il étouffe un couinement en rentrant la tête dans les épaules. Ces gars-là ne plaisantent pas ! Un peu plus bas, et le garçon se faisait toucher en plein crâne !

Une autre balle soulève de la boue à gauche de son pneu avant, et la troisième frôle sa jambe gauche. Jusqu'ici, il a eu de la chance, mais il suffit d'un tir, un seul tir, et c'est fini pour lui.

– Yan, ça va ? hurle Pauline, affolée, devant lui.

– Regarde la route ! se contente de répondre le garçon, le cœur au bord des lèvres.

Il essaie de déglutir mais il n'a plus de salive. Une branche rabattue par Pauline lui fouette l'oreille et il manque perdre l'équilibre. Son vélo s'effondre mais, au dernier moment, il prend appui sur le sol de son pied droit et exécute un saut périlleux parfait tout en rétablissant le centre de gravité du vélo.

Pour une fois que ses années de BMX lui servent à quelque chose !

Devant lui, Pauline n'en peut plus. Ses poumons la brûlent et ses jambes sont tétanisées. Si elle avait été derrière Yan, elle aurait abandonné depuis longtemps, à bout de souffle, à bout de forces. Mais il s'est montré malin en la laissant en première position. Elle sait que, si elle arrête d'avancer, il sera le premier à se prendre une balle et ça, c'est inacceptable. Elle est prête à sacrifier sa vie, mais pas celle d'un autre. Alors, les dents serrées, les mains crispées sur le guidon, la gorge sèche, elle pédale, elle pédale, elle continue à pédaler.

Devant elle, le sentier se sépare : un chemin descend, un autre monte. Elle ne réfléchit pas, prend le premier. Elle a besoin de l'avantage de la pente si elle ne veut pas se faire rattraper. Les branches lui fouettent le visage, le buste, les pieds. Elle met une main en bouclier devant ses yeux pour ne pas se faire aveugler et tente de garder le contrôle de son VTT qui vibre et tremble comme s'il allait tomber en morceaux.

Autour d'elle, les bois s'obscurcissent de plus en plus. Elle est obligée de se concentrer pour voir le relief devant elle. Les motocross se rapprochent encore et elle perd espoir...

Soudain, elle entend le grondement d'une cascade. Jusqu'ici, son bruit était dissimulé par les moteurs grondants, mais même eux ne peuvent plus cacher le bouillonnement des rapides devant elle.

Elle tente désespérément de se rappeler de quelle rivière il peut s'agir. Monsieur Jourdan l'a dit ce matin, mais elle n'a rien écouté, comme d'habitude. De toute façon, elle se moque du nom du cours d'eau. Tout ce qui compte, c'est qu'il existe.

Qu'il est là.

Et qu'il peut leur sauver la vie.

– Yan ! hurle-t-elle. Suis-moi ! Dans l'eau !

Elle ne sait pas s'il l'a entendue. De toute façon, il est tellement proche d'elle qu'il ne pourra plus changer de trajectoire. Elle sait qu'elle fait probablement une terrible erreur, mais elle s'en moque. C'est ça, ou une balle dans la tête.

Alors elle pousse une dernière fois furieusement sur les pédales.

Et...

Se jette dans le vide...

Au-dessus de la cascade.

4. La rivière

Par réflexe, Yan a suivi Pauline.
Il faut dire qu'ils roulaient presque roue contre roue. Il était trop occupé à regarder derrière lui les phares qui se rapprochaient pour voir la falaise.

C'est comme ça qu'il se retrouve soudain suspendu dans le vide.
Le temps semble se ralentir. Comme dans les dessins animés, il continue à pédaler dans les airs.

Et puis la gravité reprend ses droits et il tombe de plus de six mètres à côté de Pauline. Il a le temps de la voir donner un grand coup de pied pour s'écarter du vélo, puis il exécute une cabriole à son tour – et s'enfonce dans l'eau, les pieds en premier.

– Oh, merde!

La première chose qui le frappe, c'est la température. Avril, c'est peut-être le printemps, mais les rivières sont encore glaciales. L'eau alourdit ses chaussures et ses vêtements; il coule, mais il s'accroche farouchement. Il n'a pas pensé à retenir son souffle et il a déjà du mal à respirer.

Quelques bulles d'oxygène s'échappent de ses lèvres.

« Alors c'est comme ça que je vais disparaître ? » pense-t-il.

L'idée ne lui fait plus aussi peur. Après tout, il est épuisé, il a si froid. Il suffirait de se laisser couler, et tout s'arrêterait.

Et puis un bras se glisse sous son épaule pour le hisser vers la surface. Il prend une grande inspiration, et la douleur revient irradier tout son corps. Ça aurait été tellement plus simple d'abandonner… Qui a osé ?

– Pauline ? parvient-il à cracher entre deux gorgées.

Elle ne le regarde pas, concentrée pour l'aider à garder la tête hors de l'eau. Le courant violent les entraîne loin de la chute, loin des tueurs et de leurs motocross. Ils ne sont pas suicidaires, eux. Ils n'ont pas sauté.

Yan retrouve petit à petit ses esprits. Il s'ébroue et parvient à se dégager de l'étreinte de la jeune fille. Il commence à nager à côté d'elle pour ne plus la surcharger et lui lance un regard plein de gratitude.

– Sans toi, je coulais à pic, parvient-il à articuler entre ses dents qui s'entrechoquent.

– Sans toi, je n'y serais pas arrivée à vélo, répond-elle sur le même ton.

Ils se sourient, puis reportent de nouveau leur attention sur la rivière qui les emporte. À cette vitesse, s'ils heurtent une pierre, ils se briseront le bras, peut-être pire. Avec une telle blessure, ils ne parviendront plus à surnager.

Enfin, enfin, le courant commence à se calmer, et les deux parviennent à se rapprocher de la berge.

Yan sait qu'ils doivent sortir de l'eau, sans quoi le froid les tuera aussi sûrement que les balles de leurs poursuivants.

Il parvient enfin à attraper un rocher et à freiner leur course. Acharné, il lance ses dernières forces dans la lutte et rejoint enfin la rive. Ses mains se crispent sur la terre meuble tandis que, dans un ultime effort, il s'extrait de l'eau. Il se penche, tend la main à Pauline qui sort à son tour.

– J'ai... j'ai froid... bredouille-t-elle.

Ses cheveux sont plaqués sur son visage, son maquillage a coulé, ses vêtements sont trempés. À travers son cerveau engourdi,

Yan se rend compte qu'il n'avait jamais vu à quel point elle était mignonne. Et courageuse.

Elle lui a sauvé la vie.

Il rêverait de rester ainsi allongé sur la berge, mais il sait que c'est une mauvaise idée. Alors il se force à se redresser sur un coude, puis un genou, puis à se relever. Il a mal partout, il grelotte, mais il est debout. Il tend la main à Pauline et parvient à sourire :

– Si on ne bouge pas, on va attraper une pneumonie. Viens, on va essayer d'appeler de l'aide.

Elle hoche la tête, épuisée, et accepte sa main pour se remettre debout dans un suprême effort de volonté.

Yan fouille dans sa poche à la recherche de son portable, mais il sait déjà ce qu'il trouvera. Les téléphones ne sont pas faits pour survivre à une telle plongée dans l'eau. Il se souvient vaguement qu'il faudrait le mettre dans du riz, mais il n'a pas de riz, il est juste fatigué, tellement fatigué.

– Ton téléphone marche ? demande-t-il à Pauline.

Elle inspecte son portable et grimace : la coque n'a pas résisté aux chocs contre les rochers. L'écran est réduit en morceaux.

– Tu crois que la garantie marche dans ce genre de cas ? souffle-t-elle.

– Quoi, « attaque de tueurs psychopathes » ? Je pense qu'ils ont oublié d'ajouter ça aux exceptions de garantie, ouais.

C'est une blague pourrie, mais ça leur redonne du courage.

– Si on ne peut pas appeler de renfort, alors faut qu'on marche, conclut Yan.

Ils avancent comme des zombies dans la forêt endormie, et leurs chaussures trempées glougloutent à chaque pas. Frigorifié, le garçon finit par enlever son t-shirt et avancer torse nu.

– Ne crois pas me séduire aussi facilement, parvient à articuler Pauline avec un pâle sourire.

Yan n'a pas la force de lui répondre. Il met un pied devant l'autre, un pied devant l'autre, pour continuer à avancer. Il marche pendant dix heures, ou peut-être est-ce seulement dix minutes. Il est tellement fatigué qu'il...

– Yan !

... met un peu de temps...

– Yan !

... à entendre Pauline qui l'appelle. Il ne réagit qu'au moment où elle s'accroche à son bras et manque le déséquilibrer.

– Yan ! répète-t-elle une troisième fois. Là, regarde !

Il suit la direction du doigt qu'elle tend devant son nez et aperçoit les contours d'une maison envahie par la végétation. Autrefois, des gens devaient vivre ici, mais ce n'est plus le cas depuis des années : le toit s'est à moitié effondré, et la plupart des fenêtres sont brisées. Même les quelques tags qui décorent les murs ont été effacés par le passage du temps.

– Super, une ruine, marmonne-t-il.

– Mieux vaut une ruine que de passer la nuit dehors dans nos vêtements trempés. Viens, on va voir si on peut trouver quelque chose.

5. Le manoir

La porte d'entrée est à moitié défoncée, et il suffit d'une poussée pour qu'elle s'écrase au sol dans un nuage de poussière et de spores.

Le parquet du salon est déformé par des racines qui poussent dans tous les sens. Le seul meuble qui reste est un canapé rongé par la moisissure. Pourtant, Pauline pousse un cri de joie :

– Regarde, il y a une cheminée !

Le simple fait de voir l'âtre dans un coin redonne des forces au garçon. Il s'approche du foyer et plonge ses mains dans les cendres. Personne ne s'en est servi depuis des années, mais l'endroit est à peu près sec.

– Si seulement on avait de quoi faire un feu, souffle-t-il, rêveur.

Il cligne des yeux lorsque Pauline brandit devant lui un briquet trempé.

– C'est quoi, ça ?

– J'aime bien fumer de temps en temps. La rivière a ruiné mon paquet de clopes, mais le briquet devrait encore fonctionner.

L'espoir renaissant, Yan se précipite dehors pour ramasser du petit bois. Il revient avec les bras chargés de brindilles, puis retourne chercher des bûches plus épaisses. Pendant ce temps, Pauline récupère quelques livres poussiéreux à l'étage et en arrache les pages pour préparer le feu.

– Ça me fait mal au cœur d'abîmer des bouquins, mais c'est pour la bonne cause, grimace-t-elle.

Les doigts tremblants, Yan s'escrime sur le briquet. Au début, rien ne se passe... puis une flamme hésitante vacille devant ses yeux. L'une des pages prend feu, puis une autre, et bientôt les bûches se mettent à crépiter joyeusement. Une vague de chaleur frappe le garçon, qui pousse un grognement de plaisir. À côté de lui, Pauline tend ses mains gelées vers le foyer. Ses cheveux sont toujours aussi trempés et elle approche sa tête un peu trop près pour se sécher.

– Hé, attention, tu vas te brûler !

– Je préfère ça à me transformer en glaçon.

Les deux regardent les flammes danser devant eux. Les sensations reviennent lentement dans leurs membres.

Puis, avec un frisson de regret, Pauline se lève et se dirige vers une fenêtre.

– Qu'est-ce que tu fais ? demande Yan.

Lui ne bougerait pour rien au monde. Il est si bien, à dix centimètres du feu.

Sans répondre, Pauline arrache un rideau qui pendait tristement à une fenêtre. Elle l'enroule autour d'elle, puis commence à se contorsionner. Yan la regarde, les yeux ronds, jusqu'à ce qu'elle le foudroie du regard :

– Tu peux te détourner ? Tu ne vois pas que je suis en train d'enlever mes vêtements ?

– Tu es en train de… ah, tu… oh… ah…

Les oreilles rouges, les joues brûlantes, Yan fixe les flammes sans oser se retourner. Il entend des froissements d'étoffe derrière lui, et le *floc* d'un jean trempé qui tombe sur le sol.

– C'est bon, tu peux regarder. J'ai l'air de quoi ?

Hésitant, Yan obéit. Les vêtements de Pauline gisent en tas sur le parquet défoncé, et elle a noué avec habileté le rideau autour d'elle pour lui faire une sorte de robe. Avec ses cheveux trempés et les griffures des ronces sur son visage, elle ressemble un peu à une enfant sauvage.

– Ça te va super bien, souffle le garçon.

Pauline, qui avait gardé toute sa présence d'esprit dans la forêt, qui n'avait pas flanché quand on lui tirait dessus, qui n'avait pas hésité à faire le grand saut dans la cascade, Pauline baisse les yeux, soudain embarrassée.

– Oui, ben c'est bon, tu pouvais juste dire que j'avais pas l'air trop ridicule. Faut qu'on enlève nos vêtements, sinon on va geler par cette température. Tu devrais te mettre en caleçon, toi aussi.

Elle a raison, mais Yan se sent moyennement à l'aise. Il avance en crabe vers un autre rideau, l'enroule autour de lui, puis commence à faire glisser son pantalon. Il a l'impression que Pauline le regarde à travers ses paupières mi-closes. Mais, finalement, il parvient à faire une sorte de paréo.

– Superbe, ricane sa camarade.

Son estomac gronde soudain en contrepoint et elle détourne les yeux, coupable.

– Désolée. Je n'ai pas beaucoup mangé ce midi.

– Il y a peut-être quelque chose à avaler dans le coin, suggère Yan en commençant à fouiller dans ce qui était la cuisine.

Bien sûr, il n'y a plus rien dans les placards, juste un vieux sac de patates pourries dans un coin. Yan les renifle, hésitant.

– Ça pourrit, des patates ?

– Mais oui, ça pourrit, ne prends pas de risque. Tant pis, on jeûnera. Paraît que c'est bon pour la santé.

Yan cherche encore quelques minutes puis revient s'asseoir près du feu. Il bredouille :

– Je ne pensais vraiment pas que ce séjour en forêt se finirait comme ça, soupire-t-il.

– Moi non plus, admet-elle. Mais c'est plus fun comme ça, pas vrai ?

Elle se reprend et ajoute :

– Enfin, je veux dire, à part le mec qu'on a vu se prendre une balle. Demain, il faut absolument qu'on sorte de cette forêt et qu'on aille les dénoncer à la police.

Demain.

Ça veut dire passer la nuit tous les deux seuls, dans cette maison, blottis à deux pas du feu pour ne pas avoir froid. Yan n'aurait jamais imaginé qu'il se retrouverait ainsi contre Pauline. Il est bien obligé d'admettre qu'elle est beaucoup plus intéressante qu'il l'aurait imaginé. Et puis, sans elle, il n'aurait jamais pu faire du feu.

En même temps, sans elle, il n'aurait pas quitté le groupe de son prof, alors bon...

Quelques minutes passent ainsi, puis Pauline pose sa tête sur l'épaule de Yan.

– Ne vas pas te faire d'idées, marmonne-t-elle, c'est juste que j'ai froid et que je suis fatiguée.

Le garçon n'ose pas bouger, de peur de la déranger. Que diraient ses amis en le voyant ainsi ? Qu'est-il censé faire ? On ne lui a jamais donné de mode d'emploi, alors il reste bêtement comme ça, le regard perdu dans les flammes.

C'est à ce moment qu'il entend un bruit sourd dans le lointain. Il se fige, les oreilles aux aguets. Il reconnaîtrait ce grondement entre mille.

Des motos se rapprochent.

6. Le plan

– Tu entends ça ? souffle Yan, le plus doucement possible.

Pauline ne répond pas. Lorsque le garçon baisse les yeux, il se rend compte qu'elle s'est endormie sur son épaule, une bulle de bave aux lèvres, épuisée. Normalement, ce spectacle le ferait sourire et il trouverait un moyen de se moquer d'elle… mais ce n'est pas le moment.

– Hé, Pauline, réveille-toi ! lance-t-il un ton plus fort en secouant la jeune fille. Les tueurs arrivent !

Cette fois, elle émerge d'un coup. Ses yeux le regardent sans comprendre, puis elle se souvient de tout et bondit sur ses jambes, manquant de faire tomber le rideau qui l'enveloppe.

– Qu'est-ce qui se passe ? Quoi ? Où ça ? demande-t-elle, prête à bondir.

– Les motos, répète Yan en se forçant à rester patient. Viens !

Elle entend à son tour le bruit, et pousse un gémissement sourd.

– Bien sûr. La cheminée. Ils ont dû voir la fumée. On a été stupide de faire du feu. Dire que c'est moi qui l'ai suggéré.

– On serait morts de froid sans ça. Et puis c'est trop tard pour regretter, il faut fuir !

– Où ? s'étrangle Pauline en regardant autour d'elle. Où ? Ils sont à motocross, on est à pied ! Et c'est pas comme s'il y avait mille cachettes dans cette maison !

– Dans la maison, non... admet Yan, alors qu'un plan fou germe dans son esprit.

Il récupère quelques pommes de terre dans la cuisine puis se rue vers l'escalier.

– Viens !

– Quoi ? bredouille Pauline.

– Viens, je te dis !

Sans attendre de voir si elle lui obéit, l'adolescent monte à l'étage et s'engouffre dans la première chambre qu'il trouve. Là aussi, des pilleurs ont récupéré tout ce qui avait de la valeur.

Il ne reste qu'une vieille bibliothèque, un lit défoncé au matelas moisi et une armoire entièrement vide.

– Aide-moi à bouger le meuble, vite !

– Tu veux nous enfermer ? Ils finiront par enfoncer la porte, et on sera coincés, proteste Pauline.

Yan se tourne vers elle, le souffle court.

– Tu me fais confiance ?

Elle hésite, oh, pas longtemps, une seconde peut-être, puis elle le regarde droit dans les yeux.

– À la vie, à la mort, souffle-t-elle.

– Ouais, ben perso je compte bien survivre, réplique Yan.

En s'y mettant à deux, les adolescents poussent l'armoire puis le lit tout contre la porte. Juste à temps : des cris résonnent au rez-de-chaussée.

– Je les entends ! Ils sont à l'étage ! crie Maxime.

Des bruits de pas résonnent dans l'escalier. Les deux tueurs arriveront bientôt sur le palier.

– C'est le moment, souffle Yan.

En essayant de ne pas faire craquer le plancher, il se rapproche de la vitre à moitié brisée. Il s'escrime quelques secondes pour ouvrir la fenêtre mangée par la rouille, et pousse un soupir de soulagement lorsqu'elle cède enfin.

– Ils sont là ! rugit Julien depuis le couloir.

Des coups sourds ébranlent la porte, mais les obstacles de fortune tiennent le choc.

– Vous êtes pris au piège, les gamins, lance Maxime. Sortez, et on vous laissera en vie.

« Tu parles, songe Yan. Comme le gars que vous avez tué, c'est ça ? »

Il se glisse par l'ouverture de la fenêtre et grimace en regardant le vide sous ses pieds. Trois mètres, c'est peu et beaucoup à la fois. Mais il n'a pas le choix : la porte ne tiendra pas longtemps.

Le souffle de son amie dans son dos lui donne du courage et il se laisse tomber dans l'herbe humide.

Le choc lui coupe les jambes et il roule sur le côté... mais il n'a rien de cassé, c'est l'essentiel.

Bientôt, Pauline atterrit près de lui. Elle est bien plus souple et amortit sa chute sans souci.

– Des années de danse classique, se rengorge-t-elle.

– Tu faisais de la danse classique ? s'étouffe Yan.

– Et alors, quoi, tu pensais que j'étais déjà gothique à 4 ans ?

Ils n'ont pas le temps de discuter davantage : la porte a cédé dans un grand craquement, et les tueurs poussent des cris de rage en les apercevant en bas.

– On n'a plus nos vélos, ils nous rattraperont en quelques secondes, gémit Pauline.

Elle commence à fuir vers les bois, puis se rend compte que Yan ne la suit pas.

– Qu'est-ce que tu fais ?

– Vas-y, je te rejoins. J'ai un plan.

Elle hésite, et il ajoute :

– Tu as dit que tu me faisais confiance, non ? Allez !

Pauline ouvre la bouche pour protester… puis s'enfuit à toutes jambes. Elle court pendant dix secondes à peine, avant d'entendre des bruits de branches brisées derrière elle. Quelqu'un la poursuit ! Elle jette ses dernières forces dans sa fuite, mais elle a déjà dépensé trop d'énergie aujourd'hui. Le rideau commence à glisser sur ses épaules et, bêtement, elle le retient d'une main, comme si elle tenait plus à sa pudeur qu'à sa vie.

C'est fini, elle va se faire capturer.

– Hé, c'est moi, c'est moi ! la rassure Yan en remontant à sa hauteur. Je t'avais dit que je serais rapide.

– Qu'est-ce... que tu... as fait ? halète Pauline, les jambes en coton.

Le garçon ne répond pas et se contente de sourire mystérieusement. Derrière eux, les tueurs sont déjà sortis de la maison et récupèrent leurs motocross. La forêt n'est pas assez dense pour les arrêter. C'est la fin de partie.

– On devrait... se séparer... ahane Pauline en comprimant un point de côté. Plus de chance... de... fuir...

Derrière eux, les moteurs grondent.
Et, soudain, une explosion déchire la nuit.

Puis une seconde.

– Victoire, ricane Yan.

– Qu'est-ce... qu'est-ce qui... s'est... passé ?

L'adolescent plonge la main dans sa poche sans cesser de courir et en sort une pomme de terre à moitié décomposée.

– Une patate pourrie dans chaque pot d'échappement, explique-t-il. Quand j'étais gamin, j'en avais mis une dans celui de la voiture de mon père pour lui faire une blague. Ça a défoncé le moteur, et je peux te dire qu'il n'a pas du tout rigolé. Le temps qu'ils comprennent, qu'ils abandonnent leurs motos et nous poursuivent, on sera loin.

Il ne reste plus qu'à fuir à toutes jambes.

Il commence à avoir l'habitude.

7. Témoins

L'aube point à l'horizon lorsque Yan et Pauline quittent enfin la forêt. Ils sont sales, pâles, épuisés, au bout de leur vie, couverts de griffures, en sous-vêtements, et juste enroulés dans les rideaux rouges. Ils titubent en suivant la route, à la recherche d'un village, d'une station-service, de n'importe quel endroit civilisé.

Finalement, c'est une voiture qui s'arrête pour les aider.

– Qu'est-ce qui vous arrive, les enfants ? demande le conducteur en les éclairant avec la lumière de son portable. On dirait que vous êtes passés sous un camion !

– C'est une longue histoire, parvient à articuler Yan. Est-ce que... est-ce que vous pourriez nous amener à la gendarmerie ?

Soudain, le regard de l'homme s'éclaire :

– Attendez. C'est vous, les élèves qui ont disparu hier dans la forêt ? Ils ne parlent que de ça aux infos. Yan et Paulette, c'est ça ?

– Pauline, corrige l'adolescente d'une voix éteinte.

– Oui, voilà, Paulette. Montez, montez ! Ah, ça fait plaisir de vous voir en vie ! Quand je raconterai ça à ma femme !

Yan se demande l'espace d'une seconde si l'homme n'est pas un complice des trafiquants mais, de toute façon, il est trop fatigué pour fuir. Quant à Pauline, elle a donné son maximum. Elle était moins sportive que lui, pourtant elle a tenu jusqu'au bout. Une sacrée fille.

Les deux se laissent bercer par les cahots de la route jusqu'à la gendarmerie. À peine ont-ils poussé la porte qu'un adjudant-chef se précipite vers eux.

– C'est vous, Yan Testut et Pauline Marchand ? demande-t-il.

– C'est moi, confirme Yan d'une voix éteinte. Enfin, c'est nous.

Il se laisse tomber sur un banc sans lâcher la main de son amie.

– Vous allez bien ? s'inquiète le gendarme. Nous vous avons cherchés toute la nuit. Je vais tout de suite prévenir vos professeurs.

Dans un effort suprême, Yan relève la tête.

– Il y a plus important. On a quelque chose à vous raconter.

– Je suis sûr que ça peut attendre, tente de le calmer l'adjudant-chef. Vous devriez déjà...

– Non, c'est essentiel. On a été...

Yan hésite un instant, puis termine :

– On a été témoins d'un meurtre.

Le gendarme se rassoit, stupéfait. Il écoute Yan, mais n'a pas l'air très convaincu. Heureusement, Pauline se ressaisit un instant et parvient à confirmer :

– Vous devez nous croire, monsieur. On peut même faire un portrait-robot si vous voulez.

– On n'est pas dans un film, jeune fille, lui répond le sous-officier. On ne va pas commencer par là. Je vais appeler la hiérarchie. Ça a l'air sérieux, cette histoire.

Il disparaît derrière son bureau pour téléphoner, et Yan pousse un soupir de soulagement.

Ils ont survécu. Ce n'était pas gagné, mais ils ont survécu.

Grâce aux patates!

Un fou rire silencieux l'agite, et puis il ferme les yeux. Enfin en sécurité, il s'endort paisiblement, blotti contre Pauline.

Personne ne les croira au collège. Et, quelque part, tant mieux.

Il n'a pas envie de parler de cet épisode avec les rideaux.

L'apprentissage de la lecture est une étape importante dans la vie de l'enfant. Parfois, c'est aussi un parcours du combattant : bataille pour reconnaître les lettres, identifier les mots, comprendre le sens du texte. Mais c'est aussi un grand bonheur : celui de partager les aventures de héros extraordinaires, de vivre des émotions particulières, de s'ouvrir sur le monde. Cette nouvelle collection a été pensée pour ceux qui « n'aiment pas lire », parce qu'ils n'ont pas encore trouvé le plaisir de lire : jolie présentation, mise en page aérée et agréable, police d'imprimerie facilitant la reconnaissance des lettres, déroulé narratif simple, aide à la compréhension avec présentation des personnages et du contexte de l'histoire, vocabulaire adapté. Parce que lire est un vrai plaisir qu'il faut partager avec tous les enfants, il faut le rendre accessible à tous. Donnons-leur cette chance !

Monique Touzin
Orthophoniste au Centre Paris Santé Réussite et chargée d'enseignement d'orthophonie à l'Université de Médecine Pierre et Marie Curie.

DANS LA COLLECTION

FLASH FICTION

Les éditions Rageot remercient Monique Touzin
pour l'aide qu'elle a apportée à l'élaboration
de la collection « Flash Fiction ».

PAPIER À BASE DE FIBRES CERTIFIÉES

RAGEOT s'engage pour l'environnement en réduisant l'empreinte carbone de ses livres. Celle de cet exemplaire est de :
450 g éq. CO_2
Rendez-vous sur www.rageot-durable.fr

Achevé d'imprimer en France en mars 2020
sur les presses de l'imprimerie Jouve Print, Mayenne
Dépôt légal : avril 2020
N° d'édition : 5526-01
N° d'impression : 2953663X